抵押出去的激情

黄礼孩 作品

孟繁华 张清华/主编

学术策划与支持

北京师范大学国际写作中心
沈阳师范大学中国文化与文学研究所

抵押出去的激情

山东文艺出版社

总序
70后如何续写历史

张清华　孟繁华

　　地质史上发生过无数的造山运动,有时十分剧烈,伴随着巨大的地震和火山爆发,释放出难以想象的破坏力,有时会导致物种的大面积灭绝——比如恐龙的消失,一说就与此类活动有关。但也有的崛起是比较平缓和渐变的,比如最晚近的喜马拉雅造山运动,其结果就是造成了青藏高原的持续隆起,但这个过程并没有产生十分严重的地质灾难。

　　回顾现代以来世界范围内的诗歌运动,颇有点像是这种造山的过程。有时过于激烈,对于既存的传统与秩序造成了剧烈的冲击,说"美学的地震"也不过分。现代主义初期的"达达"和"未来主义"者们,甚至还曾高呼"捣烂、砸毁一切博物馆、图书馆和学院",声称"诅咒一切传统文化,扫荡从古罗马以来的一切文化遗产"。当初白话新诗的诞生,也曾让多少人感觉到愤怒和恐慌,章士钊斥之为"文词鄙俚,国家未灭,文字先亡"。20世纪七八十年代之交的"朦胧诗"出现之时,也引起了几代人之间激烈而持久的论争,以至于有的老诗人说,这是资产阶级的艺术向着无产阶级"扔出了决斗的白手套"。

　　最晚近的例子是1986年,由徐敬亚策划的"中国现代主义诗歌大展",其中的多个流派都喊出了新一轮颠覆与崛起的狂言。诸如，"捣乱、破坏以求炸毁封闭式假开放的文化心理结构"（莽汉主义），"它所有的魅力就在于它的粗暴、肤浅和胡说八道，它所反击的是：博学和高深"（大学生诗派），"我们否定旧传统和现代'辫子军'强加给我们的一切，反对把艺术情感导向任何宗教与伦理"，我们会"与探险者、偏执狂、醉酒汉、臆想病人和现代寓言制造家共命运"（新传统主义）……

回望这些，是想给我们将要描述的一代新人——"70后"——找到他们的起点。相比前人，这确乎是温文尔雅不事张扬的一代，是心气平和甚至低声下气的一代；相比前人的张狂和粗暴、躁乱与峻急，他们属于"和平崛起"的一代，没有通过战争和暴力夺权，甚至也没有通过运动，而是几乎静悄悄地蔓延成长起来。这当然足够好，只是代价也大：他们无法不承受更久的压抑、更迟一些的登堂入室，面孔更加模糊，更加难以在理论上给出名号和说法，经典化的过程更加缓慢和漫长……甚至，他们都没有得到一个明确的标签或头衔，只是被笼统地称呼为"70后"。他们的前人是堂而皇之当仁不让地将自己唤作"第三代"——与革命时代的颂歌诗人、以"朦胧"标立反叛的"第二代"可以相提并论的"第三代"，而之后的他们，只能按照"年代共同体"的含糊其词，来给出一个语焉不详的称谓。

可见平和的方式、小心翼翼"挤进"诗歌谱系的方式，某种程度上也可能是一个悲剧。靠美学暴乱获得权力的"第三代"，不止在1986年一举成名，而且持续地塑造了1990年代的诗歌美学。迄今手握经典权力的，仍是这群由蒙面强盗转身而华丽加冕的家伙，一如其领袖级人物周伦佑的名作——《第三代诗人》中所自诩和自嘲的："一群斯文的暴徒，在词语的专政之下／孤立得太久，终于在这一年揭竿而起……使分行排列的中国／陷入持久的混乱"——

> 这便是第三代诗人
> 自吹自擂的一代，把自己宣布为一次革命
> 自下而上的暴动；在词语的界限之内
> 砸碎旧世界，捏造出许多稀有的名词和动词
> 往自己脸上抹黑或贴金，都没有人鼓掌
> 第三代自我感觉良好，觉得自己金光很大
> 长期在江湖上，写一流的诗，读二流的书
> 玩三流的女人。作为黑道人物而扬名立万……

这是一代人的自画像，带了骄傲的自嘲和自我戏谑的姿态，把这一代的历史处境、自我意识、写作及"文学行动"的方式，都惟妙惟肖地描画出来，甚至将其集合的理由和解散的前缘，也都言近意远地暗示了出来。

与地质史上的造山运动结束之后大地依旧壮丽地存在一样，"第三代"并未终结历史，尽行毁弃诗意之美，反而是有力地深化和续接了由朦胧诗再度开辟的现代性传统。因为很显然，朦胧诗在面对历史张开自身抱负的时候，还单纯得如同一个美学上的儿童，光明洁净而未谙世事，故其诗意也是单薄的。只有到了"第三代"，才开启了一种渐次成年的、看似平庸而实则复杂的诗学。朦胧诗固然富有道义上的力量，但也有"经得住压力而经不起放逐"的缺陷，对此，当年的朱大可曾有一个绝妙的比喻——"从绞架到秋千"，言及当初的社会压力，刚好成就了朦胧诗，使这一代人获得了近乎英雄和"密谋者"的身份。北岛最初的"纵使你脚下有一千名挑战者，那就把我算作第一千零一名"，以及稍后的"在没有英雄的年代里，我只想做一个人"的转变，就是这种时代变化的微妙反映。但这还不是本雅明所说的作为文化形象的"密谋者"，直到周伦佑

的笔下,他们身上的"现代性的暧昧"似乎才得以确认。从社会学的绞架,到民间在野者的秋千,这是一个戏剧性的也非常幸运的变化,当代诗歌至此才算是回归了本位。

就这样"第三代"塑造了自己,也趁着社会历史的重大变迁建立了自己的美学功业,在 1990 年代写下了成熟而更加复杂的文本,并最终又在 1999 年的"盘峰诗会"上完成了必要的分蘖——将写作的两个基本向度,再度进行了标立。尽管"知识分子"和"民间"这两个关于立场的说法显得言过其实又言不及义,但却象征式地,给这一代张开了文化与美学的两种"极值"。至此,他们作为一个写作的代际,可谓已几近功德圆满。当代诗歌由此建立了相对成熟和复杂的意义内质,以及多向而完善的弹性诗学。

"第三代"以后,历史如何延续?这是"70后"必须回答的命题。这一代是何时登上历史舞台的?种种迹象表明,这个时间节点大约是 2001 年。虽然他们最早的汇聚,据说是在 1998 年深圳的诗歌民刊《外遇》上,但那时其影响基本上还是地域性或"圈子性"的,诗歌观念尚未形成。但 2001 年就不同了,他们的出现,几乎使人想起了一个久违的词:崛起。这一年的民刊突然成了"70后"一代的天下:《诗参考》《诗江湖》《诗文本》《下半身》《扬子鳄》《漆》《葵》《诗歌与人》……其中多数都是由"70后"诗人创办的,即便不是,主要的作者群也已是"70后"。这一年的他们可谓是蜂拥而至,突然占据了大片的诗歌版图。其咄咄逼人的情势,不禁令人依稀记起了 1980 年代曾有过的场景。

但是,与前人相比,"70后"的出现并没有以"弑兄篡位"的方式抢班夺权,而是以人多势众的"和平逼挤"显示了其存在。而且他们还相当诚实地袒露了自己得以出道的机缘,沈浩波就说,是"'盘峰论争'使一代人被吓破的胆开始恢复愈合,使一代人的视野立即变得宏阔，使一代人真正开始思考诗歌的一些更为本质的问题……""可以说，'盘峰论争'真正成就了'70后'"。①现在看，"70后"的和平演变，或许正是因为"第三代"的内讧，居于外省的"民间派"对于在国际化和经典化过程中获益偏多的"知识分子"群体的讨伐，以及由此引起的纷争，恰好使他们得到了一个跟随其后粉墨登场的机会。

关于"70后"的"内部图景"，仍可以引用其"内部"人士的分法。朵渔将这一人群划成了四个不同的"板块"，大致是客观的——

A. 起点很高的口语诗人：他们大都受过高等教育，这是70后诗歌写作者的主流。

B. 几近天才式的诗人：他们一般没有大学背景，他们一入手就是优秀的诗篇，很本质，娘胎里带来的。这种人很少。

C. 新一代"知识分子写作者"。

D. 有"中学生诗人"背景者：对发表的重视、对官方刊物的追求，对一种虚妄的过分诗意化的东西过分看重，大多没有受过正规的高等教育。②

显然，"70后"一出道，就天然地遗传了"第三代"的格局。最后一类肯定是无足轻重的，第二类是极个别的特例；那么剩下的一、三两类，无疑分别是"民间派"和"知识分子写作"的信徒或追随者，区别已很明显，但与前人相比，在他们之间或许只是写作立场与观念的分歧，并不带有那类意气恩怨与利益纠葛。在朵渔的言谈中，我们似乎不难看出他的谨慎小心，虽然其文章的修辞有刻意的耸人听闻之处，但在事关其内部观

---

① 沈浩波：《诗歌的70后与我》，《诗江湖》创刊号，2001年。
② 朵渔：《我们为所欲为的时候到了》，《诗文本》（四），2001年。

念分野的评价上，还是看不出明显的厚此薄彼或非此即彼。

总体概括"70后"诗歌写作的特点，或许又是我们力所难逮的，因为经验上的隔阂犹如鸿沟横亘，所以我们这里只能给出一个大致的描述。首先，一个最为鲜明的特点，是写作内容与对象的日常化，审美趣味的个人与细节化——这似乎也是小说领域中这一代际的共同特点。虽然"第三代"中业已在写作中强调了日常与琐细，粗鄙与放浪，但那更多的是姿态性的文化反抗，有大量的潜意识与潜台词在其中，而对"70后"来说，这毋宁说是他们的常态、本色和本心，他们在道德与价值上所表现出的现世化、游戏化和"底线化"，并不带有强烈的反讽性质，而是一种更为真实和丰富的体认与接受。仍借用朵渔的若干"关键词"来说："背景——生在红旗下，长在物欲中；风格——雅皮士面孔，嬉皮士精神；性爱——有经历，无感受；立场——以享乐为原则，以个性为准绳……"[①] 这些概括，大致涵盖了"70后诗学"的最重要的文化与美学特征。

其次，"70后"所涉及的另一个比较核心的范畴，便是评价不一的"下半身美学"。听起来这有点耸人听闻，但其实在巴赫金的小说理论里，在其对拉伯雷和中世纪民间文化的讨论中，早已反复提及。这种刻意粗鄙的美学，其主要的表现是语言及行为的"狂欢化"，在中世纪是借民间节日的形式打破社会的伦理禁忌，以粗鄙与戏谑的仪式，来短暂地取消权威与等级制度所带来的压抑。巴赫金用这种解释，赋予了《巨人传》中大量粗鄙场景与器官语言以合法性。固然我们不能机械搬用，借以给沈浩波等人的《下半身》及其写作策略以简单化的合法解释，但无疑，我们也不能完全道德化地去予以比对。沈浩波们所强调的"贴肉"状态，以及所谓的"消除……知识、文化、

---

① 朵渔：《我们为所欲为的时候到了》，《诗文本》（四），2001年。

传统、诗意、抒情、哲理、思考、承担、使命、大师、经典……这些属于上半身的词汇"①的说法,其实都是一种极端化和"行为化"的表达。这应了德里达所说,现代以来的艺术,常常只是"一种危机经验之中"的"文学行动",是"对所谓'文学的末日'十分敏感的文本"。②为了显示其拯救"文学危机"的自觉性,才刻意夸大了其立场,他们试图用一种极端的修辞或者表现形式,来体现对于精神性的写作困境的反拨,或者修正。

显然,对于在诗学和美学上尚显稚嫩与含混的"70后"来说,"下半身美学"或许暂时充当了一块有力的敲门砖,误打误撞地帮助这一代挤开了一道进入谱系与历史的缝隙,但也不可避免地使某些成员背上了坏名声。稍后,它便因为先天的缺陷而被弃若敝屣了。不过,"下半身写作"的终结,却并未影响狂欢的氛围,因为历史还给了这代人另一个机遇,那就是世纪之交网络新媒体的迅速蔓延。从这一角度看,粗鄙的"下半身"或许只是个牺牲了的"替身","网络新美学"才是不可阻挡的新的写作现实。从根本上说,这是一次人类历史上罕见的文化变异,正如历史上每一次书写与传播介质的改变,都带来了文学的巨变一样。网络世界的巨大、自由和"拟隐身化生存",给每一个写作者都带来了前所未有的机遇,它几乎从根本上动摇了之前的文化权力、写作秩序与制度,给写作者带来了庇护与宽容。"70后"幸运地赶上了,使他们对于个性、自由、本色和真实的追求,获得了一个足相匹配的空间。

上述都是从宏观上给出的一些解释。在最后,我们或许更应该从风格与修辞的角度,来谈一谈选定这十位诗人的理由。

---

① 沈浩波:《香臭自知——沈浩波访谈录》,《诗文本》(四),2001年。
② [法]雅克·德里达:《文学行动》,赵兴国等译,中国社会科学出版社,1998年版,第8—9页。

事实上，"70后"在写作上的丰富性，曾使我们在对其代表的选定上犹疑不决。可能最终我们更多的还是考虑了其几个大的取向，比如姜涛和胡续冬，便是作为"北大系"或者"知识分子写作"脉系的可能的后来者，但是，此二人不同但又相似的自由与机警、诙谐或洒脱，又分明标记着他们的逃离与变异，相似的只是他们作为学院中人在理论与诗学上的超强自觉与自我阐释能力；与他们略近的是孙磊，亦就职于高校，有置身书斋画室生活的底气，但写作方面则比较强调"感觉的悬浮"，早期他曾偏重形而上的自述抒写，《谈话》和《演奏》诸篇，均有非常系统和哲学性的个人建构，晚近则以生活的小景与片段入诗，常刻意给读者一种渺远苍茫、无从求解的含混，一种个体存在的虚渺体验与感叹；另一位轩辕轼轲，即朵渔所说的没有大学背景的"几近天才"的诗人，最初他的出现几乎可以与1990年代初的伊沙相提并论，他的《太精彩了》《你能杀了我吗》《是××，总会××的》等诗，都以极俏皮和谐谑的语言，来"挠痒痒"式地触及当代文化心理或价值的敏感与隐秘部位，产生出奇妙的解构与反讽意味。可以说，伊沙之后真正领悟了解构主义写作秘诀的，正是轩辕轼轲。

同样没有大学背景，却写得让人过目难忘的还有江非，他简练而又准确的叙事性，将1990年代发育起来的"叙事诗学"又发挥到了极致。他有关故乡"平墩湖"的回忆，用了精细的微观修辞，克制但又恰到好处的悲悯情致，将那些卑微的生命和原始自然的风物讲述得摇曳多姿，动人心弦；没有学院背景的还有黄礼孩，他的诗歌写作同他对诗歌所做的贡献相比，或许要略逊一筹，但他刻意卑微和弱化的主体想象，对日常生活细节的精细描摹，也总能产生出言近意远的绵延，给人留下深刻印象。当然，将他列入，也确有褒奖其不遗余力且总有惊人之笔的"诗歌行动"之意。

早期作为"民间写作"的举旗者的朵渔，目下正表现出日渐成大器的迹象。在早期追求反诘和颠覆的机智之后，他晚近反而更多地体现了对于知识分子精神的传承。他的关怀现实的、追问历史的及咏怀史籍人物的系列作品，都体现出独有的犀利和到位，弦外之音居高声远。同时，他刻意跳脱琐细、间隔顿挫的修辞，也显得陌生感十足，成为"70后式修辞"的标志性模式。在修辞方式上值得一说的还有阿翔，或许先天在听力方面的缺陷，让他对这世界多了几分疑虑，所以他的语言常带有失聪者的幻感，"遇见鬼了"的狐疑，这种对世界的认知方式，先天地使他的诗带上了浓厚的无意识色彩与超现实意味，使他笔下的个体处境更具有了令人诧异的诗意。

需要提到的还有两位女性——巫昂和宇向，或许从诗歌成就看，"70后"之中与她们可以比肩的诗人很多，但从体现一种"代际新美学"的角度看，她们两位所体现出的陌生与新鲜却无可替代。其实，应该入选的还有尹丽川，只不过从文本数量还有眼下的状态而论，尹丽川已不再是诗歌中人，或者即便是，其作品数量也难以成册。这是个矛盾。巫昂出身学院，研究生曾就读于社科院，但自参与"下半身"群体的写作开始，她便体现出一种独有的"意义出走"的倾向，不见痕迹的俏皮，与在无意义处找见意趣的抒情天赋，都令人吃惊；宇向从未上过大学，但她一出手就显现出异样的奇崛，与近乎妖娆的机警，她不再像前辈中经典的"女性写作"那样常带有"女巫"的气质，她所显现的，乃是另一种"女妖"的属性。她的《我几乎看到滚滚尘埃》《一阵风》等作品，都几乎在读者中刮起了一股小小的旋风，其诗意的无意识深度，语言的跳脱诡异，都成为人们想象中的"70后新美学"的典范文本。

说了这么多，最后却还要向更多的诗人致歉——因为名额的有限，致使更多应该入选的诗人被遗漏：像微观书写中见奇迹的徐俊国，在诗学建树上贡献颇多的刘春与冷霜，在同传统书写的接洽中多有独到之处的泉子，由"下半身写作"的领衔者到"蝴蝶蜕变"的沈浩波……我们没法不对他们说抱歉。或许等这一群体还有机会展示之时，再行补充吧。总之，列入的十位诗人，只能部分地显示了这一代际的写作格局，以及大致的风格样貌，而真正的写作成就，还是靠每一位出色的诗人本身。

作为虚长年齿的研究者，我们无法不保留若干对这一年轻代际的写作的看法，比如过于相信日常性经验的意义，过于琐细的修辞，对于生命中无法回避的许多责任与担当的游戏性处置，等等。但是我们又相信，任何代际的经验、写法、美学和语言，都是结构性的存在，所谓优势亦即劣势，长处也即短处，很难貌似公允地予以区分和评判。作为读者，我们只能期待他们有更坚韧的追求，更卓越的创造。我们期待着。

2015 年 12 月 26 日于北京

目 录

黄昏，入光孝寺 / 001

与扎加耶夫斯基共进早餐 / 002

木兰花必是美的 / 004

一个害羞的人 / 006

条纹衬衫 / 008

青海湖 / 009

欧洲之角 / 010

蓝花楹 / 011

野火 / 012

花园陡然升高 / 013

朗读者 / 014

在甲乙村 / 015

春分 / 017

3月21日 / 018

西藏来信 / 019

在碧城 / 021

最后时刻 / 022

一匹马亲吻大海 / 023

摆渡向你的黎明 / 024

没有人把鱼放回大海 / 025

秋日 / 026

庇山耶音乐会 / 027

牧云 / 029

留下夜晚细微的回响 / 030

途中 / 031

放荡的心应了天穹的蓝 / 032

回忆不过是植物的泪水 / 033

天空中白色的飞镖 / 034

在海角之处 / 035

岛屿 / 036

在坎布拉 / 037

拐弯处 / 038

去年在朝鲜 / 039

沉睡者还没醒来 / 041

秋日边境 / 043

飘向里斯本的琵琶 / 044

困顿 / 045

没有人能将一片叶子带走 / 046

细小的事物 / 047

芒果街的魔法 / 048

丢失 / 050

我们不比它们更懂得去生活 / 051

许多事物在失去 / 052

远行 / 053

永别 / 054

野兽 / 055

一棵树 / 056

礼物 / 057

小兽 / 058

窗下 / 059

飞扬 / 060

飞鸟和昆虫 / 061

传唱 / 062

谁跑得比闪电还快 / 063

劳动者 / 064

它在摆脱速度带来的繁华 / 065

穷人的粮食被取走 / 066

生活的警句仅是一朵花 / 067

人与家禽 / 068

情非所愿的沉默 / 069

飘香的饭菜不需要多余的技艺 / 070

童年是一块糖 / 071

星空 / 072

曼谷 / 073

托斯卡纳 / 074

给飞鸟喂食内心的彩虹 / 075

缅甸的月色 / 076

挪威森林 / 077

阿尔卑斯山 / 078

哥特兰岛 / 079

一些事物被重新安排 / 080

风中谈话 / 081

被命运温柔看见 / 082

看不见的鸟 / 083

穿越未知的旅程 / 084

风吹草叶参差不同 / 085

两只蝴蝶在交谈 / 086

在去挪威的途中 / 087

骑士之夜 / 088

多少人把旅途当故乡 / 089

谁在敲我的记忆之门 / 090

喀纳斯 / 091

喀纳斯的新娘 / 092

自由的翅膀 / 093

在禾木村 / 094

喀纳斯 / 095

喀纳斯的和弦 / 096

白色的灯盏 / 097

大地　/　098

生命　/　099

与泥土交谈　/　100

街角　/　101

为我们存在的事物　/　102

独自一个人　/　103

街道　/　104

黄昏的侧边　/　105

他搬着日子　/　106

苔藓　/　107

3月10日　/　108

在大陆最南端　/　109

两个大海在歌唱　/　110

岛上的日子　/　111

天国的衣裳　/　112

南海　/　113

火焰之书　/　114

在不同的地方　/　115

身体　/　116

麦子　/　117

香山　/　118

带来河流的人　/　119

时代　/　120

野花　/　121

音乐 瞬间的风 / 122

回家 / 123

双鱼座 / 124

1月7日 / 125

距离 / 126

这个夜晚 / 127

果实 / 128

北京 / 129

想着一个人 / 130

晚安 / 131

鲜活的心灵 / 132

在大海上 / 133

出生地 / 134

雪和阳光 / 135

爱比雪更冷 / 136

2月17日 / 137

怀念 / 141

黄昏 / 142

风轻轻地吹 / 143

植物园 / 144

不断消失的事物 / 145

简单的生活 / 146

背影 / 147

开始 / 148

一刻 / 149

白桦林 / 150

老啄木鸟 / 151

看不见的光 / 152

没有危险的生活 / 153

秋天 / 154

光线 / 155

一只鸟 / 156

生活 / 157

飞翔的鱼 / 158

野蔷薇 / 159

九月 / 160

活着 / 161

沉下去是为了浮出海面 / 162

纽西兰 / 163

灵魂 / 164

露 / 165

海的写意 / 166

是疼痛,也是沉寂 / 167

小孩走在静默里 / 168

黄昏,入光孝寺

——给扎加耶夫斯基先生

光孝寺,安静的不是香客或居士
一只猫蜷缩成一团,白毛泛起光晕
世间的风在内里仿佛已经平息
你怀着怜爱抚摸它
它的温顺贴近了你的掌纹

碰巧遇上晚课。灯光盈窗
神秘仪式在梵音中起伏
屋子旁的菩提叶闪动暗绿的轮廓
这不是观光之地,不是等待之所
它是冥想的作坊

无人过问你来自何处
无人知道你是否想起波兰教堂的赞美诗
你和妻子玛雅坐在台阶上
波罗的海的声音正一层层落下来
此刻,黄昏的光线已收拢
大海的涟漪也归于静谧

与扎加耶夫斯基共进早餐

五月的树木被修改成魔方

早晨,稍稍升高的阳光

穿过窗棂落在白色床单上

打开的书在等待着新一天的阅读

我热爱你果树呼吸的国度

这群星驱散迷雾的地方

连歌唱的叠句也留存踪迹

稍后,你到来,把早晨移到餐桌上

我们享用简单的食物,咖啡、面包

如果还有别的,那是墙上的岛屿

我们谈谈波兰饮食或者说说中国茶

你说起去年对中国的访问

体内的镜子映出山川人物

我分享着你的哲学咖啡冒出来的热气

不需要多说什么,你的微笑如此迷人

伟大的波兰之蓝,大地等同于你

巨大的云层流过天空

带来早年思考的浪潮和苦盐

从克拉科夫至格但斯克
教堂与树林之间移动着马灯般的绿星
之前的季节,它是什么样子的尘世
询问并不压住我的嘴唇,而是发出惊奇

木兰花必是美的
——致扎加耶夫斯基先生

回忆不在场景的复述中
时间的馈赠，收聚在溅出笑声的杯盏
五月五日，新书首发仪式后
晚宴又升起云的建筑，叮当作响
厨房弥漫出香气，飘向宴会厅，加快房间的亮度
黄昏的雨水，了无声息，却有一丝闪耀
你习惯性地望向窗口，这是诗人的举动

一株木兰，花瓣上端燃烧着白色的光线
这不会消失的云朵，看起来并不拥挤
而其他草木比起之前暗淡了许多
你愉快地示意我，这花开得正是时候
木兰的身世，我了解，它原产于中国
曾作女郎来过唐代诗人白居易的笔下
现在，木兰有另外的岁月

它来到波兰，沉入季节，自由地呼吸
美的事物从来都是共享

诗歌亦如斯,你的波兰文译成中文
它是信念的墨迹,落在中国的宣纸上
我的母语,它被幸运地译成波兰文
为你所朗读,恰如眼前的木兰花
洁白的香气开始凝集在眉头之上

一个害羞的人

——致俄罗斯诗人库什涅尔

将自己的诞生推迟,这样的事

你并不懂得,你是缪斯偷来的孩子

左耳听着俄罗斯的原野之声

右耳闻着人间的芜杂之音

你留心当一名鉴赏家

绝妙的玩笑,还有前方的暗

你也要从中辨认出历史的光线

做一个不幸的人,没有什么好羞耻

你的自嘲,也是生活补充的盐

在他人与自己,自己与万物之间

你用心灵的比例丈量一切

你从不制造盲目的差异

俄罗斯大地,苦难拥挤昏暗的客厅

你打扫思想的垃圾,清理多余的灰尘

你不是恺撒,你是搬运工

你从缝隙里把光搬进去

涅瓦河从你的梦里流过

仿佛你的食指和拇指之间的笔

流淌出亲密无间的词之激流

宁静的早晨,天堂鸟降落到桌布的纸上

缪斯在你的身后神奇出现

你获得意外的嘉奖,在接近荣誉时

你搓着手,侧着身,微微低着头

露出了不易觉察得到的害羞

条纹衬衫

风尝着命运的灰烬。就此别过
一个囚徒被押往徘徊之地

凭什么去解开生活的纽扣
疑问是条形花纹衬衫
穿在身上,像一个从污水之河里
上岸的人,淌着水。这包裹的水纹

渴望阳光猛烈地折射生活
阴晴不定的游戏
为躲开谜底而涂黑这个世界
一只病虎,轻盈如蝴蝶
没有蔷薇可嗅,它提着镜子与灯
寻找一件边缘潮湿的条纹布衬衫

世界需要新的编织
却从不脱下那件破烂的条纹衬衫
猫头鹰躲在口袋里,幽灵一般的视像
随时把命运带入不祥的黑色的梦境

青海湖

汽车、房子、游乐设施

它们是人们手中的钉子

正横七竖八地钉入沙滩

又叮叮咚咚钉入湖水

八月,湖边的油菜花

它的暗影无人收集

沙岛上的植物告别了自己的泪泉

之前,鸟兽鱼虫的争鸣之声

只需片刻,已陷入低潮

没有什么是可以庇护的

哀悼之诗已随民歌沉入湖底

文明的曙光暗淡下来

星星在这个夜晚也无法阻挡自己的陨灭

欧洲之角

大西洋的风释放各种欲望
地理、航行和岁月的潮汐
在汇集着看不见的合唱
我接受这不可思议的异象
从中国大陆最南端一角来到
欧洲大地缺了一角的尽头

一切逝去的,一切尚未到来的
都保存在移动的耳朵里
海汛在我的身上缠绕,弥漫着雾气
虚无的馈赠,是海风
在嘴唇留下看不见的盐粒

黄昏,余晖重临。大地寂寞
悬崖上十字架的倒影
悄然伸入辽阔的海水
风吹得更猛烈,仿佛在歌唱着复活

蓝花楹

蓝花楹呼叫着,与里斯本一起换气
树下的人儿,他们的谈吐优雅起来

蓝花楹树越来越少了
它的少变成葡萄牙奢侈的多

风握住钥匙,打开了天空
却把蓝花楹锁在天际线上

它紫色的远景邀你饮酒
云雾,暴雪,海风一样狂乱

它还把凝望引向今夜的光
在睡梦中飞出冷的影子

月圆之时,法朵之声松开了渔人的绳子
缓慢地,如花瓣流转于水无垠的忧伤

野火

寂静的田野又添上了响度,光在悄无声息地增强
一束芦荟花释放着梦境,俗世中隐藏着奇迹
燕子从巢中飞出,闪动的身影修补反常的田园
没有自画像的人,他蹲在水边看到另一个自己
他的忧伤,迷宫一般抵达花溪的腹部
那里已形成一个小小的漩涡,上边的树枝在轻微晃动
从木桥上走过的少女,她带来的风,有着白色的尾巴
水边之人,他瞥了一眼,露出小小的羞涩
旧地址终归是温暖,已经有小孩在放飞风筝
晚霞与朝霞如一对飞鸟在传书
途中的倦者阅读闪光的云层,那里有可靠的钥匙
此时,蔓草向四面铺开,它覆盖了野兽的脚印
你正好经过,像野火

花园陡然升高

与一场春天对峙,你看见

白墙上的潮湿在变黑

弄堂里的阴郁如怒气的脸一般长

玻璃窗上的蜘蛛网,收集着

你生活的浮尘与迷梦

所有的影子看起来都如此可疑

久居看不见喜剧的房间

不如去寻见,卸下空洞的眼睛

看见遥远的海岸线,一对情侣

肩并肩走着,用不了多久,海风

已把蔚蓝吹到他们的身上

外面正在飘着人间的烟火,跳绳的女孩

她的美发抛出了爱情的弧线

生活对互不相爱的人来说多么孤独

必须忽略手机微信上脆弱的风景

冲下楼去,你身后隐秘的花园陡然升高

朗读者

穿过云门,一连串的动作

干净,有力,闪出盈动微光

你从云中取下乐谱

从腰间解下号角

把腐烂的气息从栖身之地吹走

底层的小兽醒来

无辜地看着掉下来的橡果

被土地上的外人捡走

在恶俗改变这里之前

我经过白兔跃动的海洋

逗留在你光线明暗变化的海岸

风的漩涡扎进岁月

把人捣碎成飘零叶片

一个诚实的声音

它涌起思想背后的波浪

太阳的亿万个颗粒啊

你要把光洒在一个忧伤之人的心间

在甲乙村

根在身上的树

刨刀把它的隐痛

刨成远山卷起的云

越来越瘦的月牙

照不亮蚱蜢的童谣

碰巧,遇上雨雾天

水的章节满是潮湿之气

风停在去蜜的蜂巢

暮色填满坎坷山路

在贵州黔南,时间已成为岁月

你得到一个叫甲乙的村庄

它的深渊低于高山的呼吸

命运的狗声越过星宿倒睡的稻田

触动异乡人爬上梯子的梦

种农作物的土地

复活的部分已经不多

邮票般小的布衣之乡

早年被你一次次寄出

邮路尽是苦味的烟云

多年后还乡,侧耳倾听

欢乐的节日已经移到舌尖上

去理解树根与岩石的对话

不需要灵媒,也没有治世真理

我在鸟鸣中寻到了虚空

深夜,我们围着炉火交谈

而你献出了活炭的燃烧

春分

寂静的田野又添上了响度,春天的光在增强
一束芦荟就是一个梦境,春风集聚在它的头顶
燕子从巢中飞出,它闪动的温柔修补着田园
没有自画像的人,他蹲在水边,看到自己的影子
有些忧伤,他用流水收藏一帧春日的哀愁
水声遇见花溪腹部的石头,溅出的水语
读出了时间柔软的面相。从木桥上走过的少女
她带来的风,飒飒作响,凝视良久的人
他的不幸也会露出小小的优雅与羞涩
旧地址终归是温暖,已经有小孩在放飞风筝
晚霞与朝霞这对酒神舞向大地,闪光的云层也在安慰
 着倦者
此时,阳光直射赤道,蔓草覆盖了野兽的脚印。你正
 好经过,像野火

3月21日

春日侧过小小的头来,它的脸庞埋伏着山岚
走进山谷,收集春水、田舍、新枝和虚空
三月二十一日,新奇啊,人们丢掉平庸
心底扑闪着修女干净的眼神

打开春天的词典,看见万物都低矮在泥土里
河谷的石头也像远处吃草的牛羊
去爱这些平常的事物,交给自己一些差事
去打扫那些陈腐的叹息,打扫古老的森林
这一天获得了诗神的热情,就获得了另一条
从林中分岔出来的小径,你热爱的感官有了通感
诗歌从来不束缚什么,就像你身上这件亚麻布衣服
并没有阻挡你内心奔腾的千山万水

给来宾一个轻安的午后,这一刻的诗歌
越偶然越诡异。穿梭的美人,不跳春之祭
她把风的转向带给光辉,就像民谣吞没树林后
还保留着在陌上独自行走的身影

西藏来信

所有的邮车已开走,它们穿越冰凉的土壤
如解冻的风燃烧的风丈量着大地之远
一封信从云端而来,它要往释放自由的地方去

涌上心头的,说不清的莫名,似幻又真
怀着一种寂静,你给远方的人写一封信
告诉他,你曾守住黑暗才看到光亮
你借过的云朵和浪潮,它们的光芒在青稞上随风起伏
温存之神递给你藏波罗花
你写下,荒野不需要赞美,大地不需要花冠
但爱恋,无可避免?

从西藏来的火车,没有装上你的信
它空荡荡地在奔跑。这之前,从广州到西藏
你明晃晃的身体越来越小,你与风联盟,树林在摇摆
光线嗡嗡,它从一朵野花中跃起,如带电的肉体

所有的邮车已开走,一封信却一直在时间的轨道上奔跑
记忆已变成双道,没有人需要学习遗忘的艺术

收信的人,皮肤红润如春天,他安静地站在那里

沉默中移动着怀想的影子,一如西藏树林间明晃晃的

　　身影

在碧城

茶场,在碧城,有碎石路抵达
阳光落在高原,大地存储白色的火
升腾着,雪的谜底在慢慢透出面容
阳光照射着生之寂静的日子
蓝色苍穹只供一小块茶地呼吸
此时的碧城,窗户临着闪亮的河流
远处的山坡,采茶人弯腰如一匹马的风景
那个布依族男子,他不想弄清世上的事情
只把高山之上的碧城视为家园
终年供养茶园,想着自己,却看见自然
他的孤寂如群山,光的羽簇已掠过脸庞

最后时刻

风中火柴,它的黑夜之香
灌入遗漏之物,泛着光晕
如黎明之色

它那么弱小,无法变成闪电
难以落在辽阔事物身上
但绝对的美,死神已看见

那个冒犯的人,每一天
都在摆脱生活的暗探
在生与死之间穿行
没有梦想的复仇,没有得胜的旗帜
他唯一的意愿,是做一次风中火柴
燃烧出日出之色,亮出最后的庄重

一匹马亲吻大海

风助长着远处的异火

群山仿佛也透出光

火躲在深山泉水的身上,之前

风酣睡在海面

光是水,水为光

看不见的影像,听不见的回声

流转之时,互为明暗

一朵浪花离不开大海

云朵却去往他乡

一匹马从山上奔来

它要去亲吻大海的光

摆渡向你的黎明

晚霞绝对澎湃,但不教人迷惑

童年在屋檐下咳嗽,忧伤的风景迂回

向上,与未融化的天际交织。亲近一封来信

呼吸它在别处的气息,仿佛草叶

仿佛岛屿。我获得你惊讶的回眸

却看不见你回雪流风的身影

风暴越灿烂,真实的东西越长久

不倦的海风正在摆渡,向着你的黎明

没有人把鱼放回大海

白石头开出黑石头,群山成为它叹息的外衣
多年后的一场雪,提前被挖空
铁锈的气味如残月,在黑色的云端被熄灭

收集草叶上露水的人,他在阳光下叫卖
黄昏归来,转瞬成为夜晚,他变成黑色的部分
没有人知道,他的泪水和露水,孰轻孰重

夜的刀刃是否伤害到梦的心脏
没有人知道。没有人把鱼放回大海
没有人活在一场浩荡的春天里

秋日

凝视良久，从你的眼中读出潮水

一丝灿烂在叶脉间展开了欢乐的扇面

一只鸽子试着光速，它的白光射向山顶

从花坛到沙漠，一条路替代了另一条路

不需要加冕的芨芨草，它的心脏每跳动一次

都是阳光一寸一寸的飞驰

给你的果实在到来，你伸手接住

还有那看不见的

庇山耶音乐会

汽笛抛出航线

命运有盐、坚硬的阴影

和百孔千疮的爱情

一滴死亡的海水也有浮木的侧影

无数珍宝埋在生活的某处

东方花草繁殖了虚无的肢翼

他四处行走,如天地过客

大地也有东躲西藏的时刻

寂寞之物或失意之事都是漏网之鱼

他网罗鸦片,网罗美色,网罗王阳明

与此岸游离不决,愉快的事物

都成为他生命的滴漏

他把死去的雨当作梦境

风的骸骨带他回去葡萄牙

却徘徊在澳门的庇山耶街

如雕像上暂停的鸟儿

疼或欢，已归于零
多年后，当乐队指挥的手势起伏时
生命的碎片有了飞的自由
席间，高悬的耳朵如林间的路分了岔

一滴不死的海水，它有扑不灭的火焰
情迷的女伶，她们松开嗓音，鸽子瞬间四散

牧云

羊群奔跑,影子在练习折回

记忆统治万物,尚未驯化的时间

它是镜子里无限的国土,接纳一切

人间歧途,埋藏不同的刀剑

都是命运砍杀的暗器

云层涌流也阻挡不了一粒沙子吹入眼

一束阳光也未能移动过去的阴影

意象的种子,忍耐着,清醒着

少年爬上南坡,看见光源向四个方向延伸

他受到暗示,召集体内的云朵

仿佛赞美诗,空教堂在发出白色的回响

留下夜晚细微的回响

羽毛掠过海水,平静的屋顶之上

留下夜晚细微的回响,而在白日,它是蜜蜂黄色的间奏

晚霞提升了水色,尚未到来的,也是未界定的

站在半岛最南端的海边你会发现,世界原来是一头怪兽

把自己融入黄昏的翼中,把星斗装入智者的行囊

使我们免于迷失方向

阳光最后的闪耀,快要收拢

途中

水里的动物锐减,大海枯萎地动荡

阳光照不亮珊瑚花,午夜的风明明灭灭

没有人躺在甲板上,用星光铺盖睡眠

没有的,再也没有人写下愤怒的诗篇

呵,拿什么去换取明天的生计

没有人知道,水手在悲伤地看着大海的落日

航行途中干净的水和食粮,一如生命中的敬畏

现在也丢失了

放荡的心应了天穹的蓝

银色的叶片,一下子散开的是热带鱼
在虚无之上,花朵抬头,骑着白马
走向远处,蓝白相间的蝴蝶消失在视线外
我试着测量月亮与大海之间的远近
它们之间没有距离
一湾海水站起来,放荡的心应了天穹的蓝

回忆不过是植物的泪水

黄昏一个忧伤的神

在不远处破碎地歌唱

用不了多久,海平面的光线

就链接上星星的光焰

我看见海风停留在木麻黄树上

那些细小的叶尖涌出的液

混合着大海的腥味,奔腾着

在一个叫下洋的码头

我与一位少女相遇,卖过鱼

如今我坐在沙滩上冥想

纯真的时刻如此短暂

回忆不过是植物的泪水

天空中白色的飞镖

四月的海鸟

天空中白色的飞镖

它躲过捕猎的网,飞过沉睡的岛屿

一只没有被猎人盯上的鸟,它有蹦跳的身影

而一个童贞的孩子,在树荫下玩耍,

啾啾在父母的身旁

时间是剩余的,他不用去关心生活

四月将尽,深海的星星飞行

仿佛来自遥远的闪电

在海角之处

世界的角落越来越缺少

多数人生活在到来之时,少数人生活在离去的瞬间

在海角处,我看见蓝和非蓝的海水在这里握手

又在这里分开。分水线就像一列火车

徒劳地穿越大地,又像一首诗歌仅仅停留在纸上

在海角之处,一道光线已盖过另一道光线

岛屿

那时候，我们常提到岛屿，提到蓝色包围的小岛

它是春天湿润的肌肤，树林里白色的雾已散去

小鸟不用翅膀，而是用小脚行遍海水孕育的王国

那沙滩上的图案像云朵。我更喜爱夏日的漫步

羊角叶在沙滩上肆意生长，风吹来，一排排的绿翻卷

  如海浪

比海浪更高的是椰子树，它偎依着蓝

几时开黄色的花束，几时结绿色的果实

没人知道，也没有人光顾岛屿

它是自然放养在别处的野马，它的鬃毛

在黄昏的夕光里，在辽阔的海洋上疾飞

在坎布拉

在我到来之前,多种动物植物已空缺
我的到来并不多出什么,也没少什么
清朝来过的那个人没有记录下当时的情形
往事里没有文字,往事是远逝的
国家森林公园,鼎沸的人气惊醒了栖息的世界
八月走过山坡,钴蓝色的正午在远处的山水里
风吹着世间的物象,和一份饱满
在坎布拉,失去狼的山,寂静无言,云却涌动出海洋
但生活在山上的人,他们停顿下来,和我相互打量
仿佛对方就是各自生活的梦境

拐弯处

在山道拐弯的地方,一朵花开在沙土上

没有多少人注目它,它也不为少数人盛开

它没有野心,也不多情,有一些荒凉

它把小小的坚韧藏好,挽着土地的手

数着自然的日历,心底一亮,就翻过岁月的山坡

生活没有什么可以炫耀,我保留了拐弯处被遗忘的花朵

去年在朝鲜

夜晚,我们摸黑住进宾馆,一个外宾的居住地,住着
　　中国人、俄罗斯人

此地,一个孤立的别墅,一个频道的电视,所播的新
　　闻看不到现场

之后是爱国战争片,统治者的时间需要战争的影子来
　　填满

寂静之夜,我们步出庭院。上弦月照着朝鲜,风吹大
　　片低矮的茅草

一些隐隐约约的声音像告别一般明灭。猫头鹰在夜色
　　里闪烁警惕的眼

在出去前,我们被告知不要走远。这里没有通往教堂
　　的路,也没有去酒吧的路

夜色里飘着不安的气味,这个不为人知道的国度,一
　　味披着神秘的面纱

朝鲜的天空下,星月黯淡,照着孤独的山河。树林犹
　　豫着,在风中展示叶片

它的个性里却有着一丝的恐惧,瞬间变成铁片。这铁
　　的夜晚是漆黑的疑虑

远远的,我们听到大海的涛声,玫瑰的气息,我们兴

奋起来。大海,你这迷路的行星

那悲伤的潮水深沉宛如黑色。大海在朝鲜是一头困兽。

但此时它是大自然轻盈的羽毛

一个再自闭的地方,大海也要唱出它的歌,时间有足够的耐心等到海水蓝得心醉

封闭在贝壳里的歌声也要唱出人性的嗓音,充满群山和海洋

沉睡者还没醒来

我保持着一个闯入者的谨慎,在朝鲜,我是一个沉默者
按着指定的路线走路,参观高大的雕像,参观一些摆
　　设好的地方
镜头不拍摄视线之外的地方。不询问老百姓的生活
与内心的生活相比,他们更惧怕冰冷的雕像
欺骗遍地花开,时间在暗处结出怪异的食粮
谎言改变了基因。那些伪装的日子看起来那么颤抖
街上行走着穿统一制服的人群,他们手中拿着红色的
　　本子,喊着响亮的口号
是什么主宰着人心,是什么让血液流向同一个方向,
　　荒芜的路上看不到握紧刀枪的人
是什么让悲伤这支歌喑哑,是什么让爱躺在棺材里安睡
半岛上盛开的野百合没人赏识,沉思者在荒原,伟大
　　的岁月没有到来
他们的脸如八月的瓷器,映出古怪的面容。仿佛七十
　　年代的面孔
那些消失的又在此涌现,幽灵犹未逝去。人类是一个
　　荒诞的谜语,神也不懂
那个可怜的孩子,衣服上的破洞露出了忧伤,他小心

抽出肮脏的手索要人民币

谁能给他们温暖的双手？在朝鲜，唯有蜜蜂往来的世
　界在敞开

在那里，大地还没有开化，未经感化的沉睡者没有醒来

秋日边境

直到秋日,我才看清时间的面容
果实的花蒂
摇摆旅途的影子

过去的,现在的,无所适从的
从大海的斜面
连接没有边际的生活

那里杂草丛生,好天气不多
你在暗处起舞,夏天已经越过
多雨的季节

你在经历异乡人的冒险
几次改变回家的念头。那里草原明丽
没有角落,也没有边缘
你携带的爱,多了一些迟疑

飘向里斯本的琵琶

正午,暧昧的梦境困扰
果实却无比清晰
我在阅读一本线装书
闻到你逸出的气息

从上海,到广州,再至澳门
回广州,同游增城。多么轻盈啊
迂回的,时光的便笺
一曲飘向里斯本的琵琶

荔枝不多也不少,它们都在树上
在青山绿水间,我还在翻阅
像一只乳房,不停地复制,练习
有些入戏,有些迫切

困顿

秋天之后枯叶又深了一些
野兽惊骇的表情
很快消失在灌木丛中

我不属于别人
我有着信徒的生活
我依然暧昧
爱上时代的困顿

我从来不隐藏自己的恐惧
那些陌生的落叶
因为春天,它又成为地上的礼物

没有人能将一片叶子带走

众人散尽的清静
像唱诗班的余音
弥漫出叶子的浅绿味

人终是要散尽的
就像树落下叶子
可没有一个人
能将一片叶子带走

母亲很早就已经去了
我坐在众人散去的地方,听见风
送来多么熟悉的声音
它来自天堂,我不能拥有

细小的事物

我珍藏细小的事物

它们温暖,待在日常的生活里

从不引人注目,像星星悄无声息

当我的触摸,变得如此琐碎

仿佛聆听一首首古老的歌谣

并不完整,但它们已让我无所适从

就像一粒盐侵入了大海

一块石头攻占了山丘

还有那些叫不出名字的小动物

是我尚未认识的朋友

它们生活在一个被遗忘的小世界

我想赞美它们,我准备着

在这里向它们靠近

删去了一些高大的词

芒果街的魔法

热气灼人的下午
我在芒果街的一间小屋,阅读经文
等候不确定事物的到来

当芒果街的树影摇曳不定
外面扬起工地上的灰尘
还有汽车的噪音,震掉了几片芒果树叶
它们已成为礼物,盛在器具里
蓦然出现在我的桌前

我听到它们的交谈
甚至听到它们均匀的呼吸
器具里的小精灵都跑出来
我带着它们,离开芒果街
去一个远处安静的林子

野兽们已从林子里消失
唯有野鸟像风筝一样飞
不至于被人用石头打下来

它的影子很小,落在河水上

不久,又飞离了河面

如果你来到芒果街

此时我也把器具带回小屋

那些远古的小精灵,就会和你变着魔法

像是从我们的各种器官里跑出来

静谧着新的林子、河流和天空

丢失

岁月被磨损的部分
在脱落
脱落在泥土上,它的花纹
迈着原来的脚步在行走

蜜蜂不是为蜜而飞
花朵却为果实死亡

我们不比它们更懂得去生活

晨风吹着芦花上的蛛丝

蛛丝上的光多么细腻

一棵树的枯萎

像星星的遗骸

那山上的花朵

以枯萎的沉默爱着大地

那山上的果实

得到爱的允诺

在风中熟落

低处的小昆虫

在细叶间做梦

嘘,不要让它们醒来

我们不比它们更懂得去生活

许多事物在失去

许多事物在失去
风失去翅膀
鸟失去鸟巢
草原失去狮子
光在黑暗中消失
它们头上飘着乌云
它们在劫后追逐
自己的绝路

大地无一遮蔽
我停留在那里
我将在那里失去

远行

那是一个我用斧头
修改木头的日子
它是白昼也是黑夜
我企图在中间修出一条路来

母亲病后
她像坐一次慢船去天国
她的航行
越来越远离她的身体
她离去之后
我在海棠树下望着蓝天发呆
一夕之间
命运早晨给予的
傍晚又收回去了
天空睁着一双嫉妒的眼睛
我在海棠花下祈祷
渴望被遗忘的天赋又回来
带回一颗微弱的行星
领着我从黑暗到达天穹
我知道母亲仍然在某处

永别

一间屋子的破败
如屋内的灯已长长熄灭
再也没有光透出

十六年了
我多想再回到那屋子
在黑暗中握紧母亲的手
可世界的尽头充满恐惧与陌生

十六年了
房子后的海棠树绿得婆娑
这关闭了的屋子
就像海棠树睫毛下的眼睛
合上了就再也没有睁开

野兽

整个平原除了荒凉的内心

没有别的

向日葵是这个黄昏唯一的野兽

是狂野之箭

太阳下落

向日葵上升

这个不屈的生灵

在高处召集

满天的星光

这是黄昏,诸神离去

广阔的大地只有向日葵

只有疯狂、奔跑和疼痛

平原黄昏最后的野兽

像神永不枯萎的长发

被大风吹起

一棵树

夜笼罩着树的身影
树叶被雨打湿
仿佛黑　一层层积压
看上去有些重

树站在黑暗里
看着周围
小小的心　紧紧裹着
不闪耀它自己的皮肤
它听见黑暗的周围
风吹过来
有低低的喘息
像叶子就要飞起

礼物

我没有见过你

你的眼睛、肌肤

你的光亮、忧伤

像命中的礼物

加起来就是许多爱了

我省去暗处的嘈杂

我省去明处的闪耀

再努力把自己

省得干净一些

好消息就是福音

我的口唇温暖

想你的时候

轻轻地合上了眼睛

小兽

一只小兽从草丛穿过

我与它隔着一米月光的距离

草色晃动

淹没了夜晚的尾巴

像传说中的女神

把梦铺开

柔软地晾在大地上

一个干净的人

福音要降临到她的身上

我低下头来

凝视裸露的脚

大地已安息

我依然感受到你身体内

流动的月光

窗下

这里刚下过一场雪

仿佛人间的爱都落到低处

你坐在窗下

窗子被阳光突然撞响

多么干脆的阳光呀

仿佛你一生不可多得的喜悦

光线在你思想中

越来越稀薄　越来越

安静　你像一个孩子

一无所知地被人深深爱着

飞扬

树穿过阳光

叶子沾满光辉

我静静地站在那里

闻着树的气息

树叶在飞扬

在散发着新的气息

我不能飞扬

我对命运所知甚少

常常忘掉一切

飞鸟和昆虫

我在大地上

等到一只鸟回归树林

它鸣叫的时候

我知道飞得再高的鸟

也要回到低矮的树枝上

我一直在生活的低处

偶尔碰到小小的昆虫

当它把梦编织在我的头顶上

我知道再小的昆虫

也有高高在上的快乐

犹如飞翔的翅膀要停栖在树枝上

传唱

把我遗留在大地
黄昏转过身来
发出轻微的响声

暮霭吹暗了树林
我想起大海的孤独
我活过　爱过
在这个转动的黄昏

我听到大海
被火焰不断传唱
呵，是什么让我变得如此激动

谁跑得比闪电还快

河流像我的血液
她知道我的渴
在迁徙的路上

我要活出贫穷
时代的丛林就要绿了
是什么沾湿了我的衣襟

丛林在飞
我的心在疲倦中晃动
人生像一次闪电一样短
我还没有来得及悲伤
生活又催促我去奔跑

劳动者

到处都是缺乏雨水的生活

恍惚的下午　一个乡下来的劳动者
拿着石头　蹲下来
看一群蚂蚁在搬家

教堂的钟声
飞过了建筑群

它在摆脱速度带来的繁华

天才与尘埃之间,蜗牛顶着一梦水云

它缓慢移动在波罗蜜上,朝向阴湿之地

注目一只在底层的蜗牛,它的生活

连蚂蚁也不会生妒忌之梦

它渴望过神的脸庞,但更习惯了泥土的芬芳

命运给自己什么样的眼神,它不为触动

它独自哀悼这个世界,它知道时间

是匍匐的形状,带着亲切的尊严

它一生都在摆脱速度带来的耀眼光华

穷人的粮食被取走

台风,宝石般燃烧。风熄,很多东西已灰飞烟灭
靠海的家乡,植物尸体的气息,四处流散
风暴支持死亡的布道,从黑暗的中心摇摆向边缘
大海与陆地之间横躺着恐惧,如行星的出轨
天地换过了一遍,一些软弱事物内心的灯火被一一吹灭
用不了多久,大海又恢复了往日的蓝,它却是虐待的
 结局
平静下来的人们,他们回到了植物的伤口去
一年年的台风季,它是黑色的强盗,吹着口哨
从穷人的口袋里取走生命的口粮

生活的警句仅是一朵花

鸟儿不仅仅靠翅膀飞,它轻松滑过原野
苦楝树享受它的光辉,同时供养春天
一个孩子睡在羔羊的目光里,新娘对着朝霞梳妆
远山的情欲在弥漫,像谁的爱情渗透出了婚姻
大地顺着宇宙的方向,人们不断在反向中出发
一切看起来合乎真理,生活的警句仅是一朵花
大地停止之处,浪漫主义的余晖在普照
并没有所谓的悬而不决的激情,唯一的野兽已消失
没有人在此等更美好的东西,怀乡者在迷途中出神
披上一身忧伤的肖像,安静地遗失在大地一隅

人与家禽

狗拿耗子时,火储存在人性的树里
为何狗是宠物而猪是食物?道德的前提
设置了一个陷阱,它充满黑暗的悲鸣
本相与图像隔着一些似是而非的幽默
叫农庄的地方不一定鸡犬相闻
在乡下,人吃五谷杂粮,单一的想法异常纯净
日子常捉襟见肘,家禽与主人之间

没有相互背离,狐狸也没有献上一计

情非所愿的沉默

天上的云朵排着波浪向前,这样的声势
也唤不醒被晒在竹杠上的鱼
它是睡着了,睡在高起来的蓝天里
它挂在风中的身体是整个海洋
我听见各种声音传来,光芒变成白色的纪念日
蚂蚁的眼泪,滴在空荡荡的牛奶罐里
从死去的岁月里捞起无言的悲伤
情非所愿的沉默在风中如此漫长

飘香的饭菜不需要多余的技艺

下午漫长如数月,腐朽的风吹过城管拥挤的街道

从城市回到半岛最南端的乡下,旧房间

还可以看见风景,耕牛在减少,金黄草垛也在消失

孤独在雾中发亮,这样的智慧偶尔出现

平凡的花草重新获得童年,去紧抱一棵树

聆听它良久,那是对忽略的树叶之美的致歉

与父亲说一些陈旧的话语,晚霞来得快去得慢

星星是一位可人的厨娘,后院亮起了温暖的灯

一种遗忘了的味道重新升起

飘香的饭菜不需要多余的技艺

当睡眠与寂寞相遇,嘴角的微笑在梦中浮现

童年是一块糖

月亮纠缠着阳桃和石榴花的香气
储存鸟儿的树,它的记忆迂回在遥远的夏天
一只蟋蟀,地下的歌手,不需要澎湃的排场
游戏中的孩子,练习小自然带来新的花样
晚间讲故事的人,他不断在编织记忆之网
故事还在村庄流转,次年也许就不知所踪了
听天由命的村庄,云影遮住了月亮
芒花也暗淡下来,给孩子们春天的小人书
少了几种。当世界还小时
一无所知的日子,被纸飞机带向远处
孩提时光已归于零,怀念时看见更多
此时此地,有人叫我的名字
递过来童年的一块糖

星空

秋天的单簧管越来越繁复

停顿或联合,将天使与撒旦带入梦境

这似乎不是一场游戏中的喜剧

你爱的人动身离开多年的城市

厌倦了旧地方,却也没有爱上新住所

新的野蛮横穿大地,到哪里都听见忧伤的歌

年年开花的柠檬树遭遇了果实的遗弃

在风中,在水里,那些往昔的安逸之地

随风的东西被刮得七零八落,生活比蒲公英还轻

在更小的夜,你想你的星,它或许在北极

或许在南极,但不在你的呼吸里

曼谷

两只蜻蜓在五月摩擦阳光,在空中嬉戏
光线中的尘埃如镜中的风情,一时迷乱,没有影子的
　　秘密
疾速的莲花,升起五光十色的生活,直至变得迟钝
那个重新长出耳朵的人,她在丛林里效仿小自然
每日上山采花香八帖,一颗心免于世俗的伤害
她取下钻石,从身上掏出一条湄南河,安静如归家
六月就要换季了,银色的器皿盛着风

托斯卡纳

风暴的消息已远去,村庄归于宁静

晚装在衣柜里弥漫松脂的芳香

庄园的幽暗之处,萤火虫送来橙绿色

请与都灵来的隐士交谈,这舶来的盛宴

是小镇的海市蜃楼。夜色低回,半路相识的人

到小酒馆喝一杯酒,此时,夜色来到夏季之末

外面的葡萄园适合一场没有边界的探戈

新的星座在升起,秩序一点点退回大地。这个夜晚

尖叫的不是向日葵,而是那些在水井里看见繁星

又一哄而散的孩子们

给飞鸟喂食内心的彩虹

水知道水的深渊,在高处,也在最低处

记忆与现实交错,一条演奏的水路

它的宽,它的无眠,琴键也难预测

我并非想恭维牧场般的地中海

是风在迅速展开,是浪暗中涌起

在海岸线漫步久了,身体里的日子也排列成波浪

没有谁可以免于时间水纹带来的印痕

远在他乡的水银姑娘,你没有到来这古老的海岸

此地终是陌生的旅程。想起上次在深圳的告别

忧伤像海水从未停息。一个人携带的地中海

越来越辽阔,我没有迷途,只给飞鸟喂食内心的彩虹

缅甸的月色

我们常谈起那个夜晚,海水在你的身下沉睡
掉下来的月光,落在那些走在穷途末路之人的身上
世界在一个版图上忐忑,欲望暗中延伸向另一条路径
黑夜是穷人恐惧的外衣,所幸有月光朗照
却冰凉如水,大自然并没有抚慰恐惧的肉体
森林也要迎向着锋利的斧头,群鸟在散失
沐浴不到自由的星光,命运信仰了黑暗
抱歉的大地,一时之间,缅甸的月色化作沉默的群山

挪威森林

黑色的虹跨越丛林,它没有惊醒小动物的睡眠
一场夜雨之后,清晨埋伏在一场薄雾里
枝条的露水映照礼拜一干净的街景。避开浮华
我的空虚呼吸蓝天的洗练,灵魂顺从了静谧
我不属于这里的尘世,腹内却无端飞起一对白鸟
为了一千次的燃烧,我追随一群磷光闪烁的鱼去
旅行。它们不曾对世界说话,却为自然劳作
挪威的肖像,藏在森林野花的谜语里
它把自由分成碎片,安放在每一瓣花朵之上

阿尔卑斯山

微风吹过白色的帷幔,玫瑰流淌出来的液体
奔向没有内容的边缘,汇聚成嗓音与月光
从开满鲜花的斜坡,望向尽头女性的房子
山鹰的目光闪烁上方,男人在种番茄
进行土地上尚没有被烧焦的生活
重新做一个油画家,世界隐退至色彩之中
雪的空白,让世界明亮起来
在果树开花的地方,一个人的身体不再是机器
他尾随一只小兽,他愿意在此虚度偶然的光阴

哥特兰岛

一场雨把我们遗落在海岛,遇见你

遇见飞鱼在海的身上亲吻出微光

一切在灰色的天空下闪亮,我们在

细细作响的楸树下交谈,我爱上这平凡的一刻

雨过天晴,蜜蜂迷失在彩虹的弧度里

小教堂的钟声灌满歧路,年轻的牧师带来新词

鸟巢里的光景多么寂寞,天空如银镜

风踩着水波,万物在此皆相宜

午后,给巴黎玫瑰园路13号写一封情书

寄去后窗上手工制作的礼物

分享诗人济慈把光阴镀成了黄金的秘密

一缕绯红浸入黄昏的哥特兰岛,越金黄,越动人

目遇成情的人,她偏信来日方长

一些事物被重新安排

世界潜藏在细微的变化里
早上咖啡飘出香味,如从巢房里射出霞光
窗外低矮的橄榄树,还保持着凌晨以来的潮气
细碎的脚步声把听觉带到远处
而出海归来的渔人,他坐在院子里
看一只在树上寻找食物的小鸟。他写信回国
在自己的梦里。海洋遗忘,冰山坍塌
就在此时,他所珍爱的事物,被重新安排

风中谈话

河岸里的水飘忽如影子
两个界限,静谧带来冷的记忆
此时,世上的人生又过了一刻
不敷衍自己的理想,才不死于时间的哀伤
去爱这阴沟里的黑暗,又穿过它们
把不安而闪烁的对称,带到尘埃之上
捍卫尊严的,一定是那个被叫做命运的词
纠集一群暴动的文字将岁月戳穿

被命运温柔看见

一些事物正在消失,因为光又活过来
春天和草叶经历了火的艰难?
泉水重新涌溢,在我们不知道的山谷
爱上旧时的陌生人,就像隔壁的缪斯
在做着青春没有禁忌的游戏,她丰盈的乳房
已被命运温柔地看见

看不见的鸟

时间盗走的没人看见

替时间辩护的赢得了一场梦

宛如葡萄藤葆有触丝的幻觉

小昆虫神游在低矮的灌木丛

一只看不见的鸟掠过。我屏住呼吸

可大地唯有香气不需要储存

穿越未知的旅程

那张忧伤的北欧音乐在路上飘着
它弥漫开之时就不再对着一个人
就像海浪飞起的瞬间,涛声也要脱离海水
草垛、麦地和葡萄园不时隐现,还有蓝天下
失眠的红房子,把人引向陌生之处
异邦不止于纸上,它浮动在记忆出现偏差的午后
穿越未知的旅程,我一次次赎回梦想的爱情

风吹草叶参差不同

挪威的早晨,蓝色浸透,没有慌乱

一日之书敞开,昨夜一只野猫的脚印还清晰可见

光线剪出形态异样的影子,黑绿分明

一树树的梨花晃动,轻柔如微小的白色之虹

如果有云朵飘来,那也是上升的身体

周末适合漫谈,汁液从苜蓿的叶脉里隐退

他们集合时光,看到风吹草叶参差不同

两只蝴蝶在交谈

从瑞典到挪威,一朵云,飘向另一朵云
云朵下的时间漂浮,没有边境,没有哀伤
旋转的湖水,在森林里不停晃荡
在那里,我们从未种下一棵树
从未看护过玫瑰园,却像两只蝴蝶在交谈

在去挪威的途中

阳光倾斜,在树与树的空隙里散乱地书写
隐匿起来的情人,她在两种果实之间纠缠自己
在野草与杂花之间,在国际公路旁,我停下来
看收割后的麦田,而孩子们睡在午间梦的琥珀里
小镇还在雨中,一把伞,一头秀发,如苹果花盛开
我出神地空想,想偷走这些瞬间,在去挪威的途中

骑士之夜

喀纳斯缄默，朝向大地一隅

我猜不透她是谁家的女儿

躲进雪的肌肤，唯有风够得着它白色的嘴唇

美的事物过早被泄露，

印刻在十二月之夜，是夜

流星如水袖，尾随着蓝色面孔的骑士

他听到唤呼，他看到旭日，也看到蓝星

仿佛闯入了自己的来世

多少人把旅途当故乡

牲口摇着尾巴,远处是林间隐约的蓝色房舍

那些空虚的日子,并无悲喜

喀纳斯,你许诺一个无人知晓的恋爱

像水波触摸鱼背远游,鸟翼混迹云中飞翔

叶子把风吹进树干的体内,那里有洁白的宝藏

大地的居所多么空茫,没有人愿意怀着旧梦

他们要在时光里种植金色睡莲,不忘把旅途当故乡

谁在敲我的记忆之门

谁在敲我的记忆之门
无名者的问候，心无旁骛
滑雪者纵身一跃，俗人冲向婚床
山峦起伏的瞬间，内心掀起蓝天的细浪
世界边缘一朵迟开的花
喀纳斯，在肋骨之间，那些民间的野果
让吃过的嘴唇变成紫色

喀纳斯

邮差没来，陌生人犹豫，如何盘算

躲过来自寂寞光线的伤害

他忆起去年在喀纳斯

植物的跳舞，走兽的攀谈，以及山川的交欢

聆听天地的分娩，那些美的痕迹，如树里寻花

此身非囚徒，在镜面上盛开

分明的阴影，只落在白色的屋顶上

喀纳斯的新娘

鹅毛雪花里有飞过的云彩

湖水慢慢弥漫出冬日的白烟

那是一对新人,在去年腊月

一个孩子眼中的场景

喀纳斯,你却是今夜的新娘,

命运通过你的手

把月亮安放在床上,星星则搁在窗外的树丫上

蓝色的花粉对着紫色花芯

小木屋的柴火明亮

欢乐的果酱迎向蓝色的山巅

自由的翅膀

从自然中康复,谁就拥有植物的欲望
谁就懂得一粒种子的秘密
偶然的忽略,也许是季节的成全
所有播种并非为了大地的收获
喀纳斯的蜜蜂,飞进森林
它自由的翅膀,也有随风的时刻

在禾木村

正是黄昏时分,禾木村有人点灯

像小小的橘子——剥开

看见里面疼痛的人。灯光带来疏稀的脚步

雪独自下着,带来宇宙的声群

它们覆盖了春天的抗议

看不到野兽穿过低矮的灌木丛

但我看见图瓦人多了几分惆怅的内心

还有阿勒泰,边境线上秘密的情郎

或许还在点燃偷渡的欲望。下午之后

我一个人看着水渗入石头,听几声狗吠

默想,在繁花盛放、人声鼎沸之前离开

喀纳斯

一片自然的遗产，寂静，在雪原之下
前事醒来，如地籁之翼在上升
松针上覆盖的不是黄金
在雪与光交织之处，遥远之水传诵，没有停歇
生活常出现时差，罂粟分泌白汁，动物凶残
即便如此，临终之物也会充满诱惑，有着秩序和美
灰暗的枝条开白色花，为生活提供远景
她因此也有忧伤的时刻，她放下傲慢，萃取微光
喀纳斯，她不是革命的果园，也没有秘密的哨音越过
　　丛林
她策马而来，她奔驰，像飘逸的母狮子

喀纳斯的和弦

外省的河岸消逝,唯有手上的水滴保留河流的味道

风的灰烬在迷乱地吹,边界线上的张望,开始倾斜

逃逸难以觉察,如化妆镜上迷离的脸谱

光线停在雪花上,它没能唤醒枯叶下的蜷缩

你不能带着暗影来责难,干草也有无辜的时刻

我长久地注目叶片上细小的雪花

也许它们知道,小动物的哀伤也够得着低垂的星星

时间的水滴已完成自己的合唱

喀纳斯,我只要一小片叶子轻轻地穿越

寂静还给你整个大雪原的和弦

白色的灯盏

白色之上,还有白

栏栅上雪的线条悬在草原

蜿蜒如沿途的树林

而你爱着,此刻,便默默凝望

喀纳斯,白色的灯盏

它不为谁照亮,就像花朵从不为谁开放

牛马成群,抬头看远山

低头寻干草,满眼都是云朵的味道

在大自然寂寞的手稿上

喀纳斯,白色的灯盏

尚未照见九月的黑莓子

大地

银色的芍药在梦里。黑色的岩石将透出光

芳香之雾将笼罩,大地只做逍遥游

与戈壁上的花朵,与紫色的山

与天空和流泉一起渗透四季……

但这些都不发生在平淡的日子,而在牧羊人眼里

只是无所事事地放牧,或漫不经心地数着云朵和羔羊

他不愿看见

种子的腐败和天鹅的死亡

大地啊,没有人询问这些自生自灭的事物

一个路过的旅人小小的忧伤

生命

一簇绿,站在阳光下,微不足道

遥远的国度,蜜蜂在丁香花间起落

没有谎言压在身上,它飞起来轻盈

把自然之音送到洞穴里的耳朵

可是有多少绿活着,便有多少呼唤和绝望

这是陌生土地上虔诚的时刻

漂泊者的脚步停住,抛弃和给予

成全了你的一无所有,却被大地和天空予以怜悯

与泥土交谈

它的来龙,它的去脉
都裸露伤口,命运曾把刀斧的力量带给森林
在那不可放弃的顶端
日渐陡峭的日子,我听见煤层秘密的合唱
等待风雨之后,回到低处,与泥土交谈
每一道深渊上面,都铺上彩虹

街角

拂晓经过墙上的灯,孤独地隐去
树为她所演奏,草叶上的露珠却并未留住
昨夜小鸟的歌声。窗户又明亮起来
有人在说再见,带着由衷的笑意
每一个人都有自己的街角
在你带来新的词语之前,她已转身

为我们存在的事物

鸟儿一只一只腐烂,我还留在那里
守候那些羽毛,直到风吹起
直到天空收留它的翅膀

人生也需要守望,那些陷在泥潭中的
影子,也要拾起来,洗干净
像患难与共的朋友一样,珍藏

在这个世上,我们隔着几重火焰几重海水
有多少事物为我们存在
此时虽然看不见,但事物的庄重
一直在心的天平上

独自一个人

今天早上,我没有草木可以修剪
不存在的花园,在梦里也找不到门

今天早上,我去赶地铁,不断地
接近生活,在生存的深处

今天早上,像一个遥远国家的地图
蓝天上的云朵多么陌生

一路上,没有人与我谈起天气
在一滴水里,我独自一个人被天空照见

街道

该去信赖什么事物
一个人在这里
很快被城市的喧嚣淹没
他想把盛大的广场
变成牧场
可是他不能，在这个下午
他的愤怒，仍显得多情

一个微不足道的人
隔着一条街
在这个下午，只管朝前走
心向着对面的事情

黄昏的侧边

我遇见河水

它有神秘的寓言

我在上面跳舞

像在大地上造访

曾被召唤过的事物

从沙漏中流走

在这个世上

我没有什么可埋怨

我不懂得,或已宽恕

自己的焦虑

一个旅途中的孩子

消失在旅途

他搬着日子

他搬着日子

昨天是旧的

明天也是旧的

他搬着今天

今天是旧的

他累了　单薄了

他只搬着自己

他只想搬动此刻的睡眠

越来越细密的动作

仿佛叹息与泪水

隐没了他的身体

苔藓

苔藓,它那么微小

像一粒粒沙子

没有人知道它们的身世

苔藓习惯用潮湿的眼睛看一切

呼吸腐败的空气

它坐在暗处

似乎在等待

阳光偶尔对它露出笑容

很快又消失

只留下森林巨大的阴影

是我从未见过的 一个黑色的梦

3月10日

细密的低语在河流上飞

穿过树木的耳朵

花朵埋伏在脸上

当城市的灯火都静息

风卸去叶子的麻木

一只鸟飞越

短暂的光明

一只鸟迅速消失

因为它不安

因为它说不出

那么多感恩的生活

在大陆最南端

树与水之间只有雾
事实上
雾已覆盖了村庄

更多的雾消失于雾之中
坚硬的事物都变得柔软
这种简洁
好像不需要力量

两个大海在歌唱

我出身贫寒

像铁锚被抛在海底

海水锈蚀着铁锚

却传递温暖的火苗

"没有太阳,光就降临"

波浪在召唤

把我铺在海面上

我和大海

像两道歌唱的伤口

岛上的日子

岛上的日子从海里出来

它是彼岸的

散发木叶轻柔的呼吸

如身体之外的海上花

在时光背后流淌

我抚摸到春天的身体

把头埋进你的乳房

与月亮的中间

但你也是彼岸的

天国的衣裳

白杨树是世界的面目
阳光潜伏在它的身上
披上天国的衣裳

我去过很多地方
从空旷到空旷
从道路到道路
一个永没有边界的尽头

我希望这是快乐的旅途
我不能告诉你
哪里是我的需要
哪里是我的舍弃
白杨树的枝叶
没有一片是多的

南海

大海吞噬着辽阔的天空
一群群飞鱼在逃离
但大海和天空
同是鱼飞翔的唇片

在南海
风吹乱我的头发
看不清鱼张开的翅膀
是战栗还是幸福

最细微的声音来自海底
像天体裸露的微光
我从哪里来
我常常将自己忘掉

火焰之书

暮色透着薄薄的光
愈来愈近
我承担着今天的一切
旋转的早晨
落日一样平静
像神的故乡

明天再柔弱的大海
也会升起太阳
海底的火焰之书
纵容了我的心
动身去朝圣

在不同的地方

我看见了你

在黑暗来临的时候

我踮高了脚尖

正是这种无知

原谅了我的恐惧

多少年过去了

黑夜还落在世上

它迈着安静的脚步

看着我们沉默变老

在不同的地方

身体

落日越跑越黑
黑到伸手就可以触摸
它向更低的地方跑去
它把更多的星光
带到辽阔的大海
落日回到了自己的身体

麦子

野生的麦子
寂静的蜂鸟在它的上面
阳光照耀新生的四月
这里有一加一等于二的自由
也不需要什么人去记录
麦子和蜂鸟的会晤

麦子有自己不可预知的命运
不为死亡也不为了新生
躺下去的麦子像柔和的阳光
像合二为一的羽毛

香山

阳光加重了秋天的重量
但它不是为了秋天而存在
我想去一趟香山
去吹走那些灰暗的影子

暗红的叶子在飘落
腐败是它最后的命运
阳光从它身上经过
也没有觉察

带来河流的人

她像一棵树

背后没有光芒

一棵树藏匿了光芒

我与她脸对脸

她细腻的纹理

像地下的河流

她就站在河流　缄默

她置身河流

她爱着阳光和蓝天

流水爱着她的身体

时代

蜜蜂在油菜花的摇曳里闪烁

蜜蜂飞进飞出

像大地繁密的吐纳

这世上的时光

是上帝唯一的奖赏

我多想赋予时代意义

在没有理想的年代

小小的幸福与快乐

是每天的奢侈

误入迷途的信使

在油菜花与蜜蜂之间

危险而优美

野花

野花开在大海之上
开在船的周围
有时候船是大海上
开得最大的花朵

海鸟在花瓣上飞上飞下
比那些打鱼的人忙碌
没有四季的阴影
也没有时代的命运

我要去访问这些花朵
它们把秘密放进我的身体
却像蝴蝶
盛开在大海之上

音乐　瞬间的风

多少光年以外

有一种风

把季节变得柔软

它吹进身体

就像水吹进木头

与内心的河流呼应

轻轻地把世界从另一面转过来

一瞬间的风带来了你

使我每一寸肌肤

都恢复了音乐的自由

回家

长年的战争啊

我要带花朵回家

但不知什么样的风

才能吹开它

什么样的人能承受生活的善良和邪恶

回忆带来了铁锈的沉默

桌子上的书本开始

向被砍下的树木致歉

自然啊,你对谁宽大为怀

在星空下

所有的事物都像峡谷中的风

慢慢把自己弄丢了

双鱼座

甲壳虫在飞来飞去
它们想飘到双鱼座上去
在晴朗的夜空

双鱼座把大海劫持到天空
破碎得快要掉下
在晴朗的夜空

我成不了天使
我是一个牧羊人
羊群站在草原上望穿星宿
我把睡过去的脸靠近羊群

1月7日

对一朵花的期待

是它能够在阳光下跃出

如今我已经获得

是它把我早早唤醒

我借什么而来

又是什么让我充盈

采集着光　如此的静谧

仿佛神已安息

距离

今夜别漏掉月光

我把你的传记读完

把灯关掉

顺手把梦拴在月亮上

世上还有另一个地方

被月光照耀

我这样想着

与你有一片月光的距离

这个夜晚

在咖啡店

我看着你

仿佛从这一刻

开始一生的怀念

这个夜晚

一个是被缩小

或者是被嫉妒

看吧,大地瞬息间堆满白雪

愿这个夜晚是我的

它没有寒冷　也没有黑暗

我一生中的更多

被这个夜晚所代替

果实

爱情是你和我
种出的一棵矮树
它不高大,有点粗
生活在层底
脚下是烂的泥土
它把手臂伸向天空
有时我觉得
它快乐地长在天上

天很深,似水
花落过,果实结过
树叶纠结成一缕缕茶叶
你和我
在神的茶杯里

北京

看上去像一个遥远的秋天

我认得出银杏
以及银杏树背后的光芒
像多年前你眼中掩不住的喜悦

一地的叶子
多么奢侈的阳光

想着一个人

我在这里站了很久

我感觉到从两个方向吹来的风

树林的气息

连接湖水的体温

这是我触抚过的事物

它们黄金的脸

是暂时的安慰

我滞留在黄昏里

我感觉到你把自己

分成两个人

从两个方向奔来　逼近我

我要用多少爱

才能吹亮　头顶上的星星

晚安

我喜欢目不转睛地看你
生活给我的荣光
我将永不妥协地去爱

一只天鹅已来到你的床前
你是那么地生动
即使你的睡眠比黑暗还深

晚安
我的爱人

鲜活的心灵

劳动照耀的爱情

藏进肺叶里

发出轻柔的呼吸

内心奔走于天地间

散尽生命的阴影

我看见的你

无邪。丰盈。娴静。

在大海上

一个陌生的地方
突然跑进我心中
像野花突然被春光唤醒

我在天涯的海之南
我的船正航向我的家乡
我要告诉你
大海的勇气和孤独

还有此刻
海水开始在我心中的演奏
一个远眺的人
一个奔向沈阳的声音
多么地壮阔
隐藏着神秘的力量

出生地

一个人　活不下去
就回到出生地打点生命

从肉体退避到内心
是对一生的提升

土地的沧桑
让一个人的行走才那么有力

怯生生推开家门
呼吸宛若隔世的往事

像失明的马兰花在黑暗中
摸到回家的路

雪和阳光

北方的雪　西方的阳光
雪在阳光下舞蹈

短暂的黄昏和水
像春天久违的激情

人间的嘴像桃花一样小
我要说出的风已带走

爱比雪更冷

爱的光线向内心移动之时
沉默与表达对我
都是一个缓慢的词

冬日的阳光漫过羊坊店的窗口
如果能够,我愿是那片阳光
落在你的书页上
让你读出金黄的忧伤

羊坊店的日头就要下了
爱　有时比雪更冷比夜更寂寞

2月17日

2月17日下午　天气晦暗

如颜色的流失

我往你家里打电话

电话传出："你好，本机主人外出，请留言"

这是不是一个重要的电话？

我开始拨你的手机号码

一遍　两遍　三遍……

一遍　两遍　三遍……

你的手机照样响着

一个下午的激情

由于无处诉说而归于沉默

我犹犹豫豫上了85路车

我看见街边一个男人与一个女人

为争打公用电话而打起来了

我赶紧把脸转过来

生活啊，多么粗糙

我到中山纪念堂办事

车过了站我才想起要下去

想你　心底的痛

像鱼刺卡在喉头

孤独的想法让我茫然

我忘记了自己要干些什么

我像一个聋了的孩子

忧郁地站在音乐的光芒里

我已没有表述的欲望

只剩下对你的担心和惊悸

我能安慰别人咋的不能安慰自己

我不具备阳光照耀的心情

那奔走的欲望像梦的碎片洒向四处

生活啊，

怎样才能在日子的光亮里抬头

我漫无目的地走向文德路

不长的路让我感觉到一生的困意

我多想闪进一条林荫小路

停下来看看内心的卑微和爱

我糊里糊涂地去了《少男少女》编辑部

这里静如一片林子

年轻的女编辑鸟一样做梦

我努力静下心来

翻阅朋友台上一本叫《绿风》的诗刊

当我读到："你是我最后拥抱的人。"

时间的幻象浸满了忧伤

我多么怀念与你在一起的时光

我是你生活的闯入者

没有哪一段岁月能够

使我疾走如飞

没有哪一个女人

让我如此有力地握紧大地

我又一次拨通了你的电话

我只是想知道你是否安好

我只是想听听你的声音

电话只是一个劲响着

我得出去走一走，我起身告辞

天色没有明朗起来的迹象

我想起生活中的诺言

内心渐渐生动并充满水汽

这时，我的手机响了

是你的手机号码

我凭空跃起

一种不可名状类似潮水的液体

从双眼中涌出

怀念

黄昏时分下起了雨

透明的雨让人愉快

街景也变得明亮起来

忙碌之后的黄昏

我平静地叙述着这一天的工作

那灵魂快乐地来到纸上

我干了些什么或将干什么

已不重要

时间消失

我终于可以说出我自由地活着

十一月的屋檐下

我换了一个姿势趴在窗前

光泽中的水滴

像旧时的翅膀振翅而来

黄昏

天色暗下来
一些碎片在闪耀

在这一个时刻
所有的道路
都飞了起来

我没有什么惧怕
我吻过的风
在火焰中停顿

风轻轻地吹

你和我坐在水边
风轻轻地吹

你的手指
握住　一颗果实
挣脱了树枝

两株植物
紧紧相倚
把快乐深入到根须

植物园

一月的植物园
像最后的兽群
此刻有了真正的滋润

一座几乎熄灭的花园
在暴风中纯净地歌唱
就要滑向春天

一月的植物园
吐出炫目的光
在梦中呼吸

不断消失的事物

秋风刮凉大地

黄金在消失

我回不到诗歌的中心

想象力

像一只负重的小鸟

哀鸣着低低盘旋

不断消失的事物

散尽梦想和欲望

死一样的静寂

在黄昏里摇晃

简单的生活

叶子轻得飘起来
我忙碌的手指在光中闪烁

世界从我身边疾走
如果让我选择飞翔
我则坚持放弃翅膀

挑水劈柴
写信　编诗刊
过一种简单的生活

如果这是生活的微光
我也愿意把此视为
一生中的来来往往

背影

背影与生活有什么关系
有人说出它隐藏的杀机

背对我们而去的人
掐断了明天就要到来的诚意

生活怎值得信赖
我转身离去消失于人群

这个时代没有伟人诞生
你望见的是谁的背影

开始

早晨的阳光旷远而平淡
带来躁动和躁动后的沉静

爱情是一株常生的植物
站在绿色的叶子下

一刻

夜晚用什么样的器官呼吸
我打算用一根长长的管子
导出那些诱人的汁

一个印象中未曾出现的女人
摸到黑暗中的路标
这美妙的一刻
我已置身在黑暗的光中

不可知的河流
使城市的反面
进入不可言说的生活

白桦林

白桦林惊醒了我的梦
我说不出白桦林原来的模样
我愿意花更多的时间去回忆
请别介意我的忧伤

白桦林让我陷入恍惚
我寻找到一条路
或被一个人指引
穿过林子到达我要去的河岸

我不说话
我要在白桦林里静静地走
要像一片叶子被吹动
被远方的河流照见脸庞

老啄木鸟

一只老啄木鸟

在丛林里啄过一棵树

又啄过一棵树

阳光微弱的早晨

被神秘地敲击

使森林的黯淡散尽

如果你想知道老啄木鸟的欢乐

你就应该去看一看

森林转过来的脸

而我要疯狂地去生活

看不见的光

水在树里向上流动

传出神秘的声响

时间在加速前进

愈合生活的伤口

这是一个不容易遗忘的季节

鸟在逆向飞行

水在树里向上流动

像几片去年的叶子

被风吹动

没有危险的生活

夏天的炫目
像一盏油灯盛开的向日葵
一个一直在南方生活的人
他还没有见过丛林

秋天

一件隐藏起来的乐器

在演奏一场快感的音乐会

秋天眯起了眼睛

果实在尖叫

在渐疏的山坡上

机器的震颤　把噪音

把树的脸压得很低

光线

是什么纠缠我
行走在野花丛生的小径
被风吹拂的植物
触摸它的火焰

淡淡的紫色的宁寂
我如此地欢喜
仿佛把我点燃
被你呼吸
在甜美的光线里

一只鸟

色彩的三姐妹

走在一起并不相撞

她们颤动　闪耀　敏感

丰盈的汁液迎着鲜亮的幻想

将我吹亮

深入这片地带

世界开始摇晃

秋天的旅程

在蕉林的绿荫下睡眠

一只鸟唤醒我

它却隐匿

生活

不在道路上隐蔽自己
不限定某年某月某日返回居住地

从露宿街头的睡眠中醒来
去遭遇生活的流逝

有时候　我停下来
听　一粒种子破土的气息

飞翔的鱼

鱼渴望被海粗暴地抛弃

海上的阳光
让浪花生出石头的笑声和飞翔
像残月的边
一生的爱恋与仇恨

野蔷薇

在遥远的草原
野生的蔷薇
如闪亮的刺刀
使生命有了真正的伤痛和光荣

越过贫乏和苍白
大风将秋天吹醒
进入鹰的眼睛

在遥远的草原
醒着的绿叶是耳朵
醒着的花朵
是蔷薇的眼睛

九月

我在黑暗中看见
石头裸露大地
飞鸟照亮黄昏

我还看到灵魂的背景
披满金穗
还有许多昆虫的美丽
初秋的马车
要载走乡村的蝴蝶

牧场啊　九月的鸟
衔着黄金的疼痛
它带走欣慰
取走了大雪内部的火焰

活着

地下室潮湿的音乐和舞蹈

走动着霉味的影子

尘埃一样浮动

悲伤的城市

谁能抓住真诚的回报

你们中有人指出了我的迟疑

我是一个隔世的人

梦中心神不定的人在推搡着

冬天不易觉察的腐蚀

比死寂更恐惧

沉下去是为了浮出海面

沉下去
坠落在一堆物质和失语的梦里
一张张病态的脸
像一座座飞翔的坟墓

我企图逃离人群
成为游手好闲的人
在虚构的夜晚
沉下去是为了浮出海面

他们是一群为绝望所诱惑的人
他们活着
哭泣　也爱

沉下去是一次意外的收获
当物质与肉体
鲜花般盛开
结束在春天到来之前

纽西兰

纽西兰

一只身上长满美丽形容词的鸟

在女性中飞翔

沿着形而上的亚热带

把心带到高于梦境的地方

阳光和小溪

像风车转动森林的女神

抱着柔情的芦苇

眺望　让人想起

这人世间不曾享有的爱情

纽西兰　纯粹的田园

沸腾的牧场　居民和桅杆

和谐地汇集在一支弦上

纽西兰阳光的藤蔓开出花朵和梦幻

灵魂

日子是金钱追逐的

一首民谣是在梦中消逝的

雨在这个夜晚

我感到它的孤独是哪一种

春草和鸟语无法深入它的心脏

噪音和废气

在一部旧机器里不能把它

朗诵得雪一样轻灵

让商品在废墟上长出心

野鹤的翅膀

在雨中　要带走一万个灵魂

露

夜的翅膀

在黎明时分摇动迷人的尾巴

比小天鹅更灵气十足

在青青的叶子上

眨着有神的眼睛

你是谁家娇羞的女儿

躲在绿叶里　偷偷地笑

有些凉爽

有些野性

钟情于过往的行人

但愿中午还没到来

你已获得少年的心

海的写意

请细心观赏海上的风光
沙滩是梦中辽阔的门
没有结构的房子
帆是它的窗口

它斜斜地
像贝壳
倚在世界的边缘

是疼痛，也是沉寂

阳光上下被拉长

在乡下，秋去春回

我数着亲人脸上的皱纹

纵横交错的沟壑

十年了

除了小孩韭菜一样

一茬茬地生长

那些围着打牌的人

还在卖力地甩掉自己多余的时光

村庄的过去和将来都是一片空白

这些空洞的时光要用什么来填满

除了疼痛，是偶尔的沉寂

而我就要回到城里去生活

小孩走在静默里

夜从海的斜面飞过
光线被流放
陪伴着赎罪的人

用不着伤心
阳光磨过的伤口
对自己露出的痛
藏在肌肤里

一个永不过去的旧时代
它比海水更幽暗
背负阴影的小孩
在静默里露出自己的美丽与哀愁

图书在版编目（CIP）数据

抵押出去的激情/黄礼孩著.—济南：山东文艺出版社，2016.4
（身份共同体·70后作家大系/孟繁华，张清华主编）
ISBN 978-7-5329-5182-6

Ⅰ.①抵… Ⅱ.①黄… Ⅲ.①诗集–中国–当代 Ⅳ.①I227

中国版本图书馆CIP数据核字（2016）第036432号

抵押出去的激情
黄礼孩 著

主管部门	山东出版传媒股份有限公司
出版发行	山东文艺出版社
社　　址	山东省济南市英雄山路189号
邮　　编	250002
网　　址	www.sdwypress.com
读者服务	0531-82098776（总编室）
	0531-82098775（市场营销部）
电子邮箱	sdwy@sdpress.com.cn
印　　刷	山东德州新华印务有限责任公司
开　　本	620毫米×1000毫米　1/16
印　　张	12
字　　数	120千
版　　次	2016年4月第1版
印　　次	2019年5月第2次印刷
书　　号	ISBN 978-7-5329-5182-6
定　　价	25.00元

版权专有，侵权必究。如有图书质量问题，请与出版社联系调换。